LOLA

Isleña

# LOLA

Edición en español de **ISLANDBORN**

*Por* Junot Díaz • *Ilustrado por* Leo Espinosa

*Traducido por* Teresa Mlawer

Todos los niños de la escuela de Lola venían de otra parte.
Era una escuela de lugares lejanos.
Mai era de una ciudad tan grande que casi era un país.
India y Camila eran de una aldea de piedra en la cima del mundo.
Matteo había vivido en un desierto tan caluroso que incluso los cactus se desmayaban.
Nu había nacido en una selva famosa por sus tigres y sus poetas.

Y Lola era de la Isla.

Así que cuando la maestra, la señorita Obi, le dijo a la clase:

—Por favor, hagan un dibujo de su lugar de origen, de su país natal, y tráiganlo mañana.

Todos se entusiasmaron mucho.

—Yo voy a poner pirámides —dijo Dalia.

—Y yo voy a dibujar un canal *así* de largo —dijo Franklyn.

—En el mío voy a dibujar una mangosta —gritó Nelson. (Nelson siempre gritaba).

Todos conversaban entusiasmados sobre sus dibujos... Todos, menos Lola.

A Lola le encantaba dibujar, pero, verás, ella había dejado la Isla siendo apenas un bebé y no recordaba nada.

Lola levantó la mano. (Odiaba levantar la mano casi tanto como los gritos de Nelson).

—Señorita, ¿qué pasa si uno no se acuerda del lugar de donde es? ¿Y si uno se fue *antes* de poder recordar?

—No te preocupes —le dijo la señorita Obi—. ¿Conoces a alguien que se acuerde?

—¡Claro, todos en mi barrio! —dijo Lola—. No paran de hablar de la Isla.

—Entonces —comenzó a decir la señorita Obi—, a lo mejor...

Lola se adelantó y no la dejó terminar:

—Debo hablar con las personas que conozco y se acuerdan. Sus historias me ayudarán.

—Me parece muy buena idea, Lola —dijo la señorita Obi con una sonrisa.

Lola comenzó a sentirse mejor acerca de la tarea. Pero entonces vio a los otros niños que conversaban alegres sobre sus países de nacimiento y se puso triste. Todos se acordaban, incluso Nelson, que todo lo olvidaba. (En una ocasión Nelson se olvidó de su apellido durante una hora). Lola siempre había querido recordar la Isla, aunque por más que lo intentaba, no lo lograba. Era como una palabra que tienes en la punta de la lengua (pero en lugar de una palabra, ¡era un mundo entero!). Lola cerró los ojos e intentó recordar *algo* de la Isla, y no le vino nada a la mente.

Trató de concentrarse todo el día en la escuela, y para lograrlo se puso los dedos a ambos lados de la cabeza, igual que hacía el espiritista de su abuela.

—¿Estás bien? —le preguntó su prima Leticia mientras caminaban juntas de la escuela a la casa.

—Tengo que hacer un dibujo de la Isla —le explicó Lola—, ¡pero yo no era más que un bebé cuando nos fuimos! Prima, tienes que ayudarme.

—Es que yo tampoco me acuerdo de muchas cosas, excepto de los murciélagos. Eran tan grandes como mantas, y me perseguían de noche.

—¡Murciélagos manta! —dijo Lola; sacó su cuaderno y dibujó algo.

CLEANERS
JOHNNY KAIKI
OPEN

OPEN

Leticia se detuvo a saludar a la señora Bernard, que siempre les vendía empanadas crujientes a la salida de la escuela.

—Señora Bernard, ¿qué es lo que más recuerda de la Isla?

—¡La música, claro! Todo el país es como el interior de una güira, como el interior de una tambora.

—¿Quiere decir como en nuestro barrio? —dijo Lola. Se escuchaba tanta música en el barrio que era como si el dial de la radio se hubiera roto.

—¡En la Isla todavía se oye más música! Hay más música que aire. Y todo el mundo siempre está bailando. Incluso cuando duermen, bailan.

—¡Bailarines sonámbulos! —dibujó Lola.

Leticia llevó a Lola hasta la barbería de su hermano Jhonathan.

—Lola tiene que hacer una tarea sobre la Isla. Necesita que le cuentes todo lo que recuerdas.

—¡Wepa! —dijo Jhonathan riéndose—. El agua de coco, y lo sabrosa que sabe si la bebes directamente de la fruta.

El señor Rodríguez se enderezó en la silla:

—Y los mangos, como del tamaño de tu cabeza y muy dulces…

—¿Tanto que casi te dan ganas de llorar? —preguntó Lola—. (A ella le encantaban los mangos).

—¡Así es!

—Y todo el colorido de alrededor —dijo una señora que esperaba con su hijo—. Carros de todos los colores, casas de todos los colores, flores por todas partes. Incluso la gente es como un gran arcoíris, todos los colores del mundo.

—¿Igual que nosotros aquí? —dijo Lola.

—Más colores aún —contestó la señora.

—Agua, mango, gente del color del arcoíris. —Lola trataba de tomar nota de todo—: Si la Isla es tan bella, ¿por qué entonces nos fuimos?

—Bueno, no todo es belleza —dijo el hijo de la señora—. El calor te pega tan fuerte como cinco bravucones a la vez.

—Y otras cosas también —comentó el barbero más viejo.

—¿Como *qué*? —Lola hubiese querido preguntar, pero el viejo barbero ya se había dado la vuelta.

En el vestíbulo de su edificio, las primas se encontraron con el señor Mir, el súper.

Leticia lo llamó:

—Señor Mir, ¿nos puede contar lo que más recuerda de la Isla?

—¿Y a quién le importa? —gruñó el señor Mir—. Alégrate de vivir aquí.

—No le hagas caso —dijo Leticia—. Sube y llámame más tarde si necesitas mi ayuda.

—Así lo haré —contestó Lola.

Tan pronto entró al elevador, se puso los dedos sobre las sienes y cerró los ojos. «Isla», llamó como si se tratara de un gato.

Pero al igual que un gato, la Isla no apareció.

En la casa, Lola encontró a Abuela sentada a la mesa del comedor tratando de armar un rompecabezas. (A Abuela le encantaban los rompecabezas).

—¡Abuela! Tengo que hacer un dibujo de la Isla para el colegio. Pero no la recuerdo. ¿Por qué no la recuerdo?

—Hija, eras apenas un bebé cuando te fuiste.

—Pero los otros niños sí que se acuerdan…

—Que no recuerdes un lugar no significa que no sea parte de ti.

—¿Puedes contarme lo que más recuerdas de ella?

—¡Claro! Lo que más recuerdo son… las playas. Mi niña, nuestras playas son poesía… como cuando oyes tu poema favorito. Así es estar en nuestras playas. Los peces saltan con las olas y caen en tu regazo, y al atardecer, a veces, los delfines salen del mar para darte las buenas noches. Y en el norte, de donde soy yo, ¡incluso puedes ver ballenas saltar entre las olas!

—¡Playas poéticas! ¡Delfines! ¡Ballenas que saltan! —Lola dibujaba tan rápido como podía.

La mamá de Lola se asomó desde la cocina.

—Hija, lo que yo más recuerdo es el ciclón que azotó la Isla al poco tiempo de que tú nacieras. ¡Como el más grande y feroz de todos los lobos! ¡Sopló y resopló, y miles de casas hacia el cielo lanzó!

—¿Dónde estábamos nosotros? —preguntó Lola con los ojos bien abiertos.

—¡Estábamos debajo de la cama! —le dijo su abuela.

—Así es —continuó su mamá—. ¿Y sabes qué? No lloraste ni una sola vez. ¡Una niña valiente de verdad!

—Cuánto me gustaría acordarme de *eso* —dijo Lola suspirando.

—Bueno, sucedió —le dijo su mamá—. Puede que no recuerdes la Isla, pero ella sí que te recuerda a ti.

—Debes hablar con el señor Mir —le sugirió Abuela—. Conoce más de la Isla que ninguna otra persona de por aquí.

—Tratamos de preguntarle —dijo Lola—, pero no quiso ayudarnos.

—El señor Mir a veces puede ser un poco gruñón. Déjame hablar con la señora Mir. Estoy segura de que podemos convencerlo.

Abuela llamó, y el tono de su voz aumentó al hablar con la señora Mir, quien a su vez hizo lo mismo al dirigirse a su esposo. Las personas mayores siempre se gritan unas a otras; así es como hablaban. (A lo mejor Nelson se estaba entrenando para cuando fuese viejo).

—Baja —dijo Abuela—. El señor Mir dijo que trataría de ayudarte.

Lola estaba un poco nerviosa, pero eso no impidió que llamara a la puerta del súper.

La señora Mir le abrió la puerta.

—¡Hay que ver cuánto has crecido, Lola! El señor Mir está en su taller. Puedes pasar.

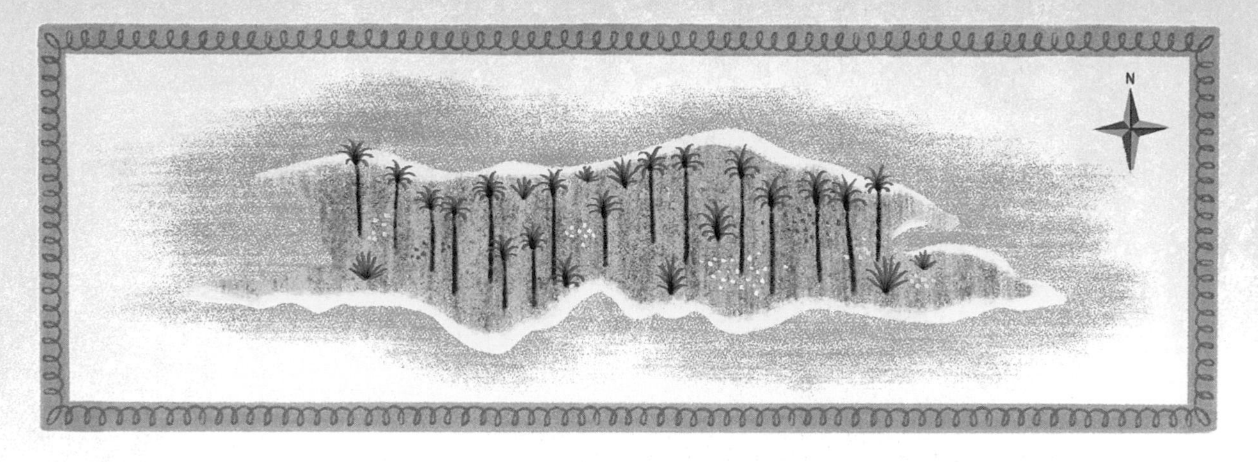


El señor Mir levantó la vista del artefacto que estaba arreglando.

—Tu abuela dice que has estado entrevistando a la gente acerca de la Isla.

Lola asintió nerviosamente:

—Sí, señor. Es una tarea del colegio.

—¿Y qué te han contado?

Repasó sus dibujos:

—Murciélagos manta, más música que aire, fruta que te hace llorar, playas poéticas y un ciclón como un lobo.

—Ya veo —dijo el señor Mir—. ¿Así que nadie te ha hablado del Monstruo?

A Lola se le agrandaron los ojos. Dijo *no* con la cabeza.

—Entiendo, incluso los que conocen la historia no siempre quieren hablar de ÉL.

El señor Mir se volvió hacia el viejo mapa de la Isla que tenía.

—Nuestra Isla siempre ha sido un lugar precioso. Por lo menos lo era cuando yo tenía tu edad, y lo es también hoy día. Pero aun los lugares más hermosos pueden atraer a un monstruo. Hace mucho tiempo, mucho antes de que tú nacieras, eso fue exactamente lo que ocurrió: un monstruo cayó sobre nuestra pobre Isla.

Por primera vez, el lápiz de Lola no se movió.

Era el monstruo más terrible que jamás nadie había visto. La Isla entera estaba atemorizada y nadie podía con él. Era muy poderoso. Durante treinta años, el Monstruo hizo lo que quiso. Podía destruir un pueblo completo con solo una palabra, y hacer desaparecer a toda una familia simplemente con mirarla.

El cabello encrespado de Lola se desrizaba del miedo que tenía.

—¿Usted vio al Monstruo, señor Mir?

—Sí, lo veía todo el tiempo.

—¿Y tenía miedo?

—Todos teníamos mucho miedo.

El corazón de Lola comenzó a latir con fuerza.

—Señor Mir, ¿qué sucedió después?

—Lo que siempre les sucede a los monstruos. Se levantaron héroes: mujeres jóvenes, valientes y capaces, como tú, Lola, y también hombres jóvenes audaces y fuertes. Se cansaron de vivir atemorizados y lucharon contra el Monstruo. Fue una batalla titánica. Toda la Isla se estremeció con la lucha. El Monstruo puso a prueba todos sus malévolos trucos, pero, al final, los héroes encontraron el lado débil del Monstruo y lo hicieron desaparecer de la Isla para siempre.

SALCEDO

—¡Wao! —susurró Lola—. ¿Y qué les pasó a los héroes?

—Nadie lo sabe en realidad. Fue hace mucho tiempo —dijo el señor Mir; se quitó los lentes y suspiró.

—Ahora creo que debes subir, es casi la hora de cenar.

—Gracias, señor Mir —dijo Lola—. Muchas gracias por toda su ayuda.

TOKYO
Santo Domingo

—¿Cómo te fue? —le preguntó su mamá.

—Muy bien —dijo Lola observando el papel en blanco que tenía en las manos.

Lola pasó el resto de la tarde dibujando la Isla. Comenzó con una página, pero necesitaba más espacio, así que añadió otra página, y luego otra, y pronto ¡tenía un libro! Trabajó durante la cena y trabajó en la cama. Ya le estaba dando los toques finales a la cubierta cuando entró su abuela para ver si todo estaba bien.

Abuela cogió el papel con el dibujo de la última batalla y se quedó muy quieta.

—Abuela, ¿tú sabías del Monstruo?

—Sí, hija. ¿Por qué piensas que tantos de nosotros estamos aquí en el Norte?

Lola rodeó con sus brazos a la abuela.

—¡Habrán pasado mucho miedo!

—A veces, sí, pero también fuimos valientes.

Al día siguiente nevaba. Lola se puso la bufanda y las botas, y guardó su tarea dentro de su abrigo.

—¡Bendición, Mami! ¡Bendición, Abuela!

—Bendición, hija —dijeron las dos—. ¡Buena suerte!

En ese momento, el señor Mir sacaba los latones de basura a la acera.

—Gracias, señor Mir, ¡el Matamonstruos!

—Buena suerte, Lola, Hija de Héroes —dijo el señor Mir sonriendo.

En el aula, todos los niños hablaban de sus dibujos. La mamá de Nelson había hecho bizcochitos para todos, así que era como una pequeña fiesta. La señorita Obi colocó los dibujos en la pared.

—Ahora nuestra clase tiene ventanas —dijo ella—. Cada vez que quieran ver el país de un compañero, solo tienen que mirar a través de ellas.

Entonces, la señorita Obi se acercó al pupitre de Lola.

—¿Cómo te fue, Lola? ¿Pudiste recordar algo?

—En realidad lo intenté de verdad, pero no me acordaba de nada, y eso me entristeció. Pero entonces me di cuenta de que no tenía que sentirme triste, porque incluso aunque nunca llegue a poner un pie en la Isla, no importa. La Isla siempre estará dentro de mí.

—¡Qué tontería! —resopló Nelson.

—¡No lo es!

—Nelson, pórtate bien.

La señorita Obi y los demás alumnos rodearon el pupitre de Lola. (Nelson se aseguró de ponerse cerca para poder verlo todo). De repente, Lola se puso nerviosa.

—A ver, Lola, muéstranos tu trabajo.

—OK —dijo Lola. Respiró hondo, abrió el libro…